アド&遊子

夫婦五行歌集

まだまだ大丈夫

市井社

夫婦五行歌集

まだまだ大丈夫

目次

第一章　アドの歌

1　門出

親戚に預けたまま
いつまでも
迎えに来ない母
初めて感じた
不安というもの

「このバカモノ!!」
胸を刺す
父の叱責
涙が
一瞬に溢れる

あんちゃんに
手を引かれて
入学式
じっとしているのが
苦手なオレ

とにかく遊んだ
朝から晩まで
遊んだ
まるでそれが
仕事であるかのように

型に
はめられるのは
窮屈だ
逃げ出したかった
国語の俳句

音楽の時間
好きではなかった
でも
美智也は
大好きだった

足のつかない川に
落ちて
とっさの危機でも
慌てない自分
初めて知る

小遣いの節約
四ヶ月で
やっと手にしたグローブが
「我慢」を
教えてくれた

？？？　どうして
胸がキュンってなるんだろう
オレンジ色のセーターの
女の子
気になって仕方がない

まだ見ぬ世界へ
とび出したい
それだけで必死
門が狭いなんて
思いもしない

駆けつけ三杯
がぶがぶ飲んで
大はしゃぎ
青春真只中の
青二才だった

「就職は
なるべく遠くへな」
遊びに来るのを
楽しみにしていた
父の餞別

2　妻

心の中にスーッと
入り込んでくる
笑顔
一瞬で
持って行かれた

真冬でも
君の
編み立ての
マフラーで
春

なぜだろう
「しあわせにします」
が言えなかった
でも、今でも
一緒に歩いている

Yシャツ
洗わなくていいんだね
退職一日目
私への妻の
確認

「帰りに
牛乳買って帰らなきゃぁ」
開山登山の
登り始めに
妻　ポツリ

喘いだむかしが
ウソのようだ
急坂を
おすまし顔で
登っている

三等分した
と言っているけど
帰省息子への盛り付けが
異常に多い
今朝の卵焼き

50年後でも
好きな事して遊んでる
そんなイメージ描いて
ラジオ体操を
一緒にする

3　仕事遊び

先輩が
熱く語った
志と情熱
社会に出て
最初の学び

やるべきことを
見つけた瞬間
気持ちが変わった
力強く
前に進み始めた

「お前に任せる」
期待の声で
感じた
自分の芽
覚悟した瞬間

語っているだけの
自分はいらない
志
挑み続ける
自分のみ

行ったことのない
道を進むには
多くの抵抗が
ある
だからこそ挑戦

新風を吹き込もう
常識を
破ることに
心を砕くという
楽しい日々

意を決して
出す手紙は
必ず
楷書体で
書く

上に対して
物おじしない
あの頃のオレ
正しいと信じては
噛みついた

現状を
変えようと
上に噛みついたころ
下から噛みつかれるのも
うれしかった

やるなら
世界一をと志した
その種火は
まだ私の
芯にある

4　目標

百歳以上元気に生きる
と決めた
それだけで
愉快
ゆっくり楽しんでいこう

目標を
見える形で
宣言したら
日常が
活き活きしてきた

若い時より
多くの楽しい目標が
出来た
笑みが
止まらない

目標には
わずか届かず
でも前進した
ほめてあげよう
不断の努力は

今年立てた目標は13ヶ
達成出来たのは2ヶだけ
もう少しで、が6ヶ
未着手が5ヶ
よくやったと言えるか？

去年の自分を
踏み台に
今年は
どこへ跳ぼうか
どこまで跳ぼうか

5　自分遊び

目覚まし時計より
早く
目を覚ます
私にはもう
春が来ている

早朝の
第一歩
吸い込まれる冷気
吹き出る白い息
大気に抱かれている

好きで
楽しめ
誇れること
一つあれば
心は豊か

上手くなりたい
一心
純な思いで
日々の行動を
決める

どんな家事でも
喜んでやる
必ず何か
工夫する
それが面白い

やると
決めた事は
最後まで
やる
形はどうでもいい

こどもは
遊ぶことで
能力を伸ばしている
私も自由人なら
まだまだ伸びよう

自分を
開拓してきた
楽しもうという
一本道
まだ続いている

6　ギター作り

全身の神経を集中して
カンナの刃を
研ぐ
新しいスタートの
心構えだ

きれいに切りたい
その一点に
意識を集中して
ノコを
挽く

何度やっても
新たな失敗
だからこその
新たな学び
新たな工夫

八時間で
たった五分の
コーヒーブレイク
なんとかしようという
心意気があった

龍の象眼細工
81ピースを埋めた
81時間は
孫に贈るための
辛抱

メドがついた後の
コーヒーは
格別だ
決着まで
もうひと踏ん張り

木屑をはらって
刃物を仕舞うと
修行を終えた
武士のような
爽快感

弦を張って
弾いた
瞬間の
産声だ
琴線を揺さぶってくる

7

旅

武蔵野の
ふっかふか遊歩道が
私の脳を
靴の裏から
もみほぐす

西風強けりゃ
船は
東の港
島の暮らしは
風まかせ

渋滞などないだろうに
この島
ただ一つの信号
黙々と
色を変える

愛情たっぷりに
育まれているのだろう
馬っこの目が優しい
跨った子も
胸を張って

三春の葉桜
濃い緑が
俺を見て言う
もっと
胸を張れと

遠くから聞こえる
花火の音
私の
夏が
踊り出す

新そば祭り
と聞けば
どこまでも飛んで行く
深まる秋を
楽しみたい

活きの良い職人
打ち粉を
ふわーっと舞わせては
嬉々として
蕎麦を切る

8　DIY

いちょう切りって？
弱火って？
酒少々ってどれくらい？
男の料理教室
一回目

ズルズルっと
麺をかきこんだ瞬間に
思わず出てしまう笑み
うまい！
やっぱり手打ちだね

どれを切るか
どこを切るか
教えに沿ってやってみる
剪定初心者の
覚悟

原則を学び
不安がなくなると
剪定もはかどるものだ
庭の森が
すっきりと林になった

庭木の根を
ぶつんっと切る
移植のためとはいえ
痛い思いをさせて
すまんすまん

自分で
ふすまを貼ってみる
上手くは出来ないが
部屋がきれいになれば
やっぱりうれしい

9　激坂（サイクリング）

絶壁のような坂を
自転車で登る
テクニックなんて通じない
強さのみ
試される

流れ落ちる
滝の汗
ペダルの
踏み足が
唸りを上げる

自分も超元気
だが
それをはるかに凌駕する
元気者が
風を切って登る

あの峠を
越えれば
終りだ
あと少し
あと少し

ゴール峠の
向こうに
達成感
が
あふれている

裸で
熱く今日の完走を語る
同宿の士
ここの温泉は
そりゃー熱い

10　マラソン

初マラソンに
挑む
参加料を振り込み
覚悟を
決める

明日の為に
今の自分を
鍛えたい
舞い降る雪に
向かって走る

あと3キロで
膝に激痛
悔しさに
顔がゆがむ
菜の花は満開なのに

どんなに顔を歪めてでも
ゴールさえすれば
笑顔
達成感
解放感

怪我をするのも
なかなかおもしろい
手足の仕組み
理解が
一気に進む

傷も癒えた
又、むくむくと
次のチャレンジへの
思いが
湧き起こって来る

耐え凌ぐ力
貯えたい
一心
ダンベルを背負って
坂を登る

やっぱり
ライバルは必要だ
抜かれた時に
「負けたくない！」の
スイッチが入った

あと４キロ
春の香り
目一杯吸い込んで
梅林の丘
駆け登る

走りぬいての
マラソン完走
成功してみれば
それもまた
長い道のりだった

小さな積み重ねでも
結果が出せる
この歳でも
まだ
成長出来るんだ

第二章　遊子の歌

出番待ちの
冬が
浅間のてっぺんで
足踏みしている
初霜の朝

雨上がりの朝は
霧　霧　霧
冬の大地が
はぁ〜っと
深呼吸しているんだ

柔らかな
春に
ざくっと
初鍬の
音

被災した海辺の町にも
ふわふわ
ふわふわ
春の緑
春の青

少子化時代の
団地の空を
数えきれない
子ツバメたちが
遊んでいる

諦めるのは
まだ早い
切り株が
芽を
出している

白樺の根元に
無数に散らばる
蟬の抜け殻
仰向けの姿で
秋空を見てる

流人たちの
咆哮か
離島に轟く
波の叫び
風の叫び

東京からやってきた
花嫁の
孤独の前に
父のような日本海
母のような鳥海山

2 花

蓮池の
花
ポン　ポン　ポン
咲いて
極楽浄土

春を告げる
光
福寿草の
花
キラキラ

出産間近の
妊婦のようだ
黄木蓮の蕾
まろやかに
膨らむ

せり　なずな
ふきのとう
初恋のような
ほろ苦さが並ぶ
春の膳

庭の
梅が咲いた
杏が咲いた
そして
私も咲いた

寂しさが
極まったのだろう
空家の白藤
塀を乗り越え
風と戯れている

盆の夜
帰省の娘と
月下美人
二つの花が
咲き匂う

3 私

18歳
三畳一間の
一人暮らしが
未来への
出発点

私は
「いつも明るく元気な人」
らしい
そうでない
私もいるのに

ハッと
気づいた瞬間
正しい
私が
生まれている

老いても
老いても
桜は桜色
桃は桃色
私も私色

誰と
遊んでも
寂しいのは
ひとりで
遊べないからだ

未完成の
71歳
サグラダ・ファミリアのように
完成までの
時を遊ぼう

100歳になっても
孕む女でいよう
夢を
希望を
憧れを

新年のおみくじに
「大吉　安心して勉学せよ」
とあった
よっしゃ、忘れても忘れても
勉強するぞ！

夜明けの
富士を
じっと見つめる
気高さを
私にください

今年も
よく
生きたね
ありがとう
私

4　友

故郷の友に
電話で
「まっちゃん」
と呼ばれた瞬間
私は子どもに戻る

歌友から
ロンドン橋の絵葉書が
届いた日
ロンドンの孫から
手紙が届く

「いっぱい楽しんで来てください」
辛い悲しみで
全国大会に行けなくなった
友のメールが
号泣している

いつもは買わない
山盛りのトマト
「熊本」のシールをみたら
買わずに
いられなかった

あの人の
あの人の
笑顔に
書かされる
年賀状

コロナ感染者0の
岩手から送られてきた
南部鉄風鈴
チリーンチリーンと
コロナ祓いの音がする

5

師

額田王を
熱く語る
主宰の声が
夏バテ脳に
ビンビン響く

花瓶のひまわりも
受講生
主宰の
額田王講話に
聞き惚れている

えんた先生と行った
信州追分の古書店
私達を
待っていたのは
『二つの流星　啄木と牧水』

えんた先生が入院！
心配
大丈夫！
心配
大丈夫！

こもろ草壁塾直前まで
入院されていた先生が
いつもの笑顔で
講義されている
嬉しくて有難くて

尊敬する
男性二人
夫
そして
えんた先生

志
ある人の
強さ
優しさ
香しさ

6 夫

里帰りの娘を
やさしく包む
夫の目は
若い日の私を
包んだ目だ

恋文
ひとつ
くれなかった
男の
傘の中にいる

風になびく
ワイシャツが
照れ屋の夫にかわって
「愛の歌」なんか
歌っている

太陽の塔の下で
鬼ごっこする
夫と龍
67歳と3歳
男と男の戦いだ

夫と
こもろ草壁塾の予習をする
午後の図書館
うふっ
学生時代に戻ったみたい

台風一過
「まってました！」
と
夫は
胡桃拾いに

出会ったとき
18歳だった夫が
73歳になった
おめでとう
ありがとう

恋人が
夫になって
パパになって
おじいちゃんになって
また恋人になる

同窓会は
もちろん
五行歌の話題も
いっしょ
いっしょいっしょの夫婦

東日本大震災
無力感を募らせるだけの妻に
夫からのひと言
「その思いを歌に残すことが
あなたの支援じゃないですか」

7　哀

躾
といって
子を
虐待する親たち
恥ずかしいぞ　ニッポン

親に虐待死させられた子にも
生まれた
意味がある
きっと
ある

親に抑圧された
子には
自分がない
親離れとは
自分を生むことだ

死刑判決は
当然だと思う
が、初めて知る
被告の生い立ちに
心がざわつく

口蹄疫ワクチン
理不尽な
死を待つ
母牛と子牛の
目

小４の女の子が
プールの壁に殺された
大阪北部地震
「今日もいい日でした」と
日記に書けない

子育て中の女性なら
聞こえてくるだろう
5歳と4歳の幼子を遺して
死んでいく
母の慟哭

母の日
一年前に母を亡くした
幼い姉弟
白い蝶々を見つけて
「ママーっ」と追いかけていく

ひとりぽっちだったんだね
上村遼太君
寒かったね
怖かったね
島に帰りたかったね

第三章　ふたりの歌

1 コロナ

アド

エントリー済みの
イベントが
次々と中止
今は
基礎を磨けということ

戦中派の親に
よく言われた
「我慢」と「辛抱」
コロナ戦争に
再登場

遊　子

ネット上での
孫会議
けっこう楽しい
距離感は
1メートル以内

アド

遊　子

コロナで中止になった
家族サミットを
ZOOMですることに
シアトル　多摩　宇都宮　小諸
コロナ戦線異状なし

温泉宿
泊まった客は
ウチだけ
女湯　カミサン一人
男湯　ワタシ一人

アド

コロナ禍に届いた
母の日カード
手書きの文字から
「だいすき」が
聞こえてくる

遊子

アド

どこのレストラン
行っても
ガラーンとさびしい
一品追加の
注文をする

遊　子

コロナ禍の四月
庭の
水仙が咲いた
花言葉は
「希望」

アド

マスクをしていても
すれ違いには
距離を置く
ジグザグ走行
上達中

遊子

今日もコロナで
数人亡くなった
「よいか、お前は生かされているのだ」
コロナが
耳元で囁く

2　家族

私の主張認めろと
噛みついてきた
子どもたち
この噛みつきは
くすぐったかった

アド

遊子

死ぬまでに
この荷物
なんとかしておいてね・・・
引越し手伝いに来た
息子たちが言う

アド

いたずらして
もらった父のゲンコツ
未だ忘れられない
私のゲンコツ
娘は覚えているだろうか

遊子

八畳一間のアパート
母になった娘と
祖母になった私が
新生児の百面相に
大笑い

アド

出腹の婿殿が
初ギックリ腰
生活習慣を変えて
元の姿
取り戻そうよ

遊　子

キューバから日本に来て
七年
娘婿のレオさんが
うどん　そば　まんじゅうを
食べられるようになった

アド

自分を褒めていいよ
という
息子の言葉
一年間の積み重ねを
振り返る

遊子

集まった家族が
来れない家族のことを
語り合いながら
おはぎを作る
盆休み

アド

これた自転車を
押して
最後まで走り切った
息子のゴールが
カッコイイ!

遊子

行楽地で遊ぶ
家族連れ
みんな
子に見え
孫に見え

アド

ナビが狂って
迷子になった日
息子の出迎えは
地獄に
仏

遊　子

寝ても覚めても
家族を思わない日は
一日もない
私も
拉致被害者家族も

アド

視線が宙を舞う
突然の
彼女紹介に
どうしようもない
オヤジ

遊子

娘家族と箱根旅行
長男家族と宇都宮マラソン
次男家族が住むシアトル訪問
２０１８年の
思い出作り完了

アド

長男のファミリーが
帰任の帰国
カミさんの表情は
にわかに
春になりにけり

遊　子

五年ぶりに
長男家族が帰国
一緒に暮らすわけではないのに
なんなのだろう
この幸福感は

アド

ウチのチチハハ
まだまだ大丈夫
と思ったらしい
みんなにこにこ
引き上げる

遊子

第16回ZOOM家族会まで
あと1時間ちょっと
シアトル　多摩　宇都宮
みんな
スタンバイしてるかな

アド

足の踏み場も
無かった
玄関
あっという間に
日常に

遊　子

ＺＯＯＭ家族会も
楽しいけど
やっぱり
小諸で
全員集合したいな

アド

離散状態の
家族だけど
さびしいと
なげく暇のない
幸せ

夫
子
孫
私
みんなだいすき

遊子

3　孫

アド

ほいくえんで
もう3かい
わるいことしちゃった
孫Rが
爺へ告白

遊　子

山寺への
石段を登る
同行二人
一歳龍が芭蕉で
祖母の私が曾良で

アド

孫Rの入学式
パパママジジババの先頭
わき目もふらずに進む
親離れの歩みが
始まったようだ

遊子

「こんどはボクが
あそびにいってあげるからねー」
思いやりの心が芽ばえた
五歳児くんは
私の星の王子様

アド

ジージとバーバが来ると
いつもよりずっと楽しい
なんて連絡帳
見せられると
胸がキュンキュン

遊　子

五歳の龍
夫の工具箱から
工具を全部取り出し
「プシュー！　パシュー！」
ひとり仮面ライダーごっこ

アド

わが孫Eと
私の
距離関係
1.5メートル以上は笑顔
0.5メートル以内は泣顔

遊子

絵本を
読んでくれる
孫の声が
子守唄に聞こえて
ばぁはスヤスヤ

アド

大きく変化した
孫Eとの距離関係
向こうから手を差し出す
距離0での笑顔
ちょっとくすぐったい

字を覚えた
五歳の恵舞《えま》
日記を書いたり
お手紙書いたり
五行歌も書いてほしいなー

遊子

アド

♡だいすきだよ！♡
と必ず
書いてある
孫Eからの
定期便

遊子

明日
ロンドンに発つ
恵舞ちゃんと穰くんとスカイプした
楽しかったよ
泣きそうになったよ

孫Yを交えた
しり取りゲーム
どんどん回って
介護予防の
訓練そのものだ

アド

遊子

縄跳びができないと
泣く侑楽《ゆら》ちゃん
ギターが弾けないと
半べそのばあちゃん
あはは、似てるね

アド

いきなりの
バック転と逆立ち
爺の目を
いつも
まん丸くさせる孫Y

昨日は
アメリカの侑楽と
今日は
イギリスの恵舞と
日本語でスカイプ

遊子

アド

「遊びに来てくれて
ありがとう」
英語だけで
書かれている
孫Yの手紙

遊　子

恵舞と侑楽は
イギリスとアメリカから日本に
龍は
日本からキューバに
初孫三人それぞれの春休み

アド

孫Jのリクエストに
よっしゃーと
でんぐりがえると
見事に回ったのは
目だった

遊　子

四人目の孫が生まれた
穣と名づけられた
その孫のために
もっともっと
清らかになりたいと思う

アド

補助輪
はずした孫J
次に会う時は
一緒に坂を
登ろうね

遊　子

龍　恵舞
侑楽　穰
四人の孫達に
残してあげられるのは
私の笑顔

跋

草壁焰太

初めて見る夫婦五行歌集である。夫婦関係はなかなか芸術になりにくいものだ。それは大きなものを産み出す関係であるが、個性を根源とする芸術とは反りが合わないところがある。そこには二つの個性があり、二つある以上は多くの生命の根源ともなる。この歌集は一つの挑戦だと思う。

この本の最初の興奮は、夫、アドさんの歌から始まることだ。五行歌については、遊子さんが始め、アドさんが助けるという関係のようだったから、毎月アドさんの歌を見ながら、まとまった感想を抱けないできた。やはり歌集にしないと個性ははっきり見えないのである。

ああ、こういう人だったのか、と私の関心はアドさんの個性に深く刺激を受けた。

足のつかない川に
落ちて
とっさの危機でも
慌てない自分
初めて知る

アドさんの男っぽさをまず感じさせるのが、この歌である。いつも沈着冷静で道を間違えない。自信に満ちて、何か乗り越えるべきものはあるかと、にこにこしながら、つねに用意している。生命をつないでいくのが女性、母性だとすれば、現実と戦い、生命を守るのが男の仕事である。

もし自分の娘の婿を思うとしたら、こういう頼りになる男がいいと誰しもが思うであろう。

アドという筆名は五行歌をやっていくのに、もっとアドレナリンが必要だとした最初の歌から取ったものである。名前とは違って、アドレナリンにはなかなか溺れない人である。

その沈着冷静な男が、

心の中にスーッと
入り込んでくる
笑顔
一瞬で
持って行かれた

彼らは同じ大学で、同じギターサークルに属していた。

やるべきことを
見つけた瞬間
気持ちが変わった
力強く
前に進み始めた

企業戦士として世界で、日本で働いた。およそ無駄なことはしない、目標を立てて、
一歩一歩努力し多くのことをやり遂げた。

今年立てた目標は13ヶ
達成出来たのは2ヶだけ
もう少しで、が6ヶ
未着手が5ヶ
よくやったと言えるか？

企業を退職してからも、こういう感覚で困難なことを成し遂げている。ギター作り、そば打ち、サイクリング、マラソン、そして五行歌――。

上手くなりたい
一心
純な思いで
日々の行動を
決める

この根の純粋さは、子どものころに徹底して遊んだことにあるのかもしれない。

言葉少ない実行型の男に対し、妻の遊子さんは、引き算をしない積極人間である。私は数多くの会員たちといっしょにいるが、自分が影響を受けたと感ずることはあまりない。しかし、遊子さんの積極思考は、私の琴線に直に響くことがあり、遊子さんの言うことにしたがってかなりのことをした。

自分から言い出せないことを、彼女が持ち出してくれるからだ。彼女の歌は、すでに『薔薇色のまま』でも触れたように、底抜けのプラス思考の上にある。愛によって家族を作り出し、育むゴッドマザーの歌である。

おおらかで、人に対する気持ちに濁りがなく、肯定的で、その善意が歌となっている。これも一つの個性である。同じような人はいない。

この二人の個性の取り合わせは、みごとに調和している。五行歌もそうであるように、ギター作りも、サイクリングも、マラソンも、そば打ちも、この二人はいっしょにやる。どちらかが主導し、どちらかがついていく。そこには二人だけにしかわからない呼吸があるようだ。

柔らかな
春に
ざくっと
初鍬の
音

東京からやってきた
花嫁の
孤独の前に
父のような日本海
母のような鳥海山

ハッと
気づいた瞬間
正しい
私が
生まれている

恋文
ひとつ
くれなかった
男の
傘の中にいる

なんでも二人でいっしょにやるのは、互いに深い敬意を抱き合っているからだろうと私は思う。私も、この二人がいうことなら、なんでも聞いたほうがいいと思っている。もし、二人の呼吸のなかに私も自然に入っているなら、嬉しいことだが、…。

二人の章は、二人の愛の賛歌である。愛は、子や孫にむかうが、父、母、祖父、祖母としての気持ちが、この大家族には貫かれている。人が何のために生きているのかを、子孫に伝えようとしているのであろう。

正しい二人に敬意を表し、金婚を祝う乾杯をしたい。

おめでとう。そして、いつまでも。

あとがき

アド

仕事はちょっと早めに卒業して第二の人生を、と静岡から小諸に帰ってきました。自分に何ができるか、いろいろなことを試してみようと手探り中に、五行歌に夢中になっていた遊子さんが、五行歌の会を小諸で立ち上げることになりました。それならば私も始めてみようと、「こもろ五行歌の会」第一号会員として入会。発会では、

新しい事への挑戦
鼓動の高鳴り
おさまらず
燃えろ
アドレナリン

こんな歌での参加でした。小さい頃は国語大嫌い少年でしたから、しばらくは四苦

八苦の連続。それでも草壁主宰や小諸の歌友、全国の歌友から多くの刺激をいただき、なんとか続けてきています。やると決めて始めたからには、続けることが大事。今後も楽しみの一つとして取り組んでいきたいと思います。

昨年の年始めに、「来年は結婚五十周年。記念に二人の歌集を出したいと思うんだけど…」と提案があり、これも挑戦の一つと、賛同。市井社のご協力をいただきながら、自分なりの選歌、編集に取り組んでみました。「こんなもんでいいのかなぁ?」との問いに、「これもアドさんの個性でしょ?」との遊子さんの答えに、少し足が進んだような気がします。

歌ごころ? の乏しいこんな私を、文学系の世界に誘い込んでくれたお陰で、日々の生活の彩りが豊かになっているように思います。遊子さん、ありがとう!!

出版に当たっては草壁先生始め、市井社の皆様には大変お世話になりました。心より感謝申し上げます。ありがとうございました。

二〇二一年三月　　結婚五十年の記念に

あとがき

遊　子

結婚50年（金婚式）の記念に、夫婦五行歌集を作ることを夫（アドさん）に提案した。少し怯んだアドさんに「子や孫に残せる財産はないけど、チチじぃじとハハばぁばの歌集なら、最高の贈物になるんじゃない？」と言うと、快く納得してくれた。ありがとう。

二〇二〇年四月に出された「新型コロナウィルス緊急事態宣言」のとき、私達は不要不急の外出を避け、歌集のための選歌に専念した。大テーブルで向かい合っての選歌作業は、コロナ禍の老夫婦には「幸せな時」だった。

歌集の題名『まだまだ大丈夫』は、アドさんの

ウチのチチハハ
まだまだ大丈夫
と思ったらしい

みんなにこにこ
引き上げる

から取ったものである。最後の最後に、アドさんが決めた。「いいんじゃない」と賛成したら、アドさんが笑った。

＊

アドさんと出会ったのは、親元を離れた18歳の時だった。あれから56年間、アドさんは私の友になり、兄になり、夫になり、父親になって、私を育ててくれた。アドさんの仕事関係で、秋田、長野、米国、長野、静岡、長野を根無し草のように生きてきた。その間知り合った人は数えきれないほどいたが、静岡で出会った五行歌がその後の私の人生を変えた。そしてこもろ五行歌の会を作ったことで、草壁主宰との関りが多くなり、そのことが私を幅広く大きい人間に育ててくれた（と思っている）。主宰の「五行歌は人を育てる」ことを実感。アドさんとえんた先生、この二人の男性との出会いがなければ私の人生は…と考えるだけでもゾッとする。

この歌集の題字は、無理を承知で療養中のえんた先生にお願いしました。先生、ありがとうございました。

最後に、いつも私に穏やかな刺激を与えてくださる三好叙子副主宰と、歌集制作に携わってくださった水源純様、井椎しづく様、そして本部の皆様に心からお礼を申し上げます。

また、私とアドさんを支えてくださっているこもろ五行歌の会の事務局柳沢由美子さんはじめ会員の皆様にも感謝いたします。ありがとうございました。

二〇二一年三月　結婚五十年の記念に

アド＆遊子
family
album

アド＆遊子（1971 年秋田県にかほ市、鳥海山にて）

米国・ジョージア州にて
（在米　1980 年 10 月～ 1983 年 6 月）

三人の子
左から邦彦、史彦、幸子
（1980 年、ストーンマウンテン）

アド＆遊子ファミリー
（家族アルバム表紙より）

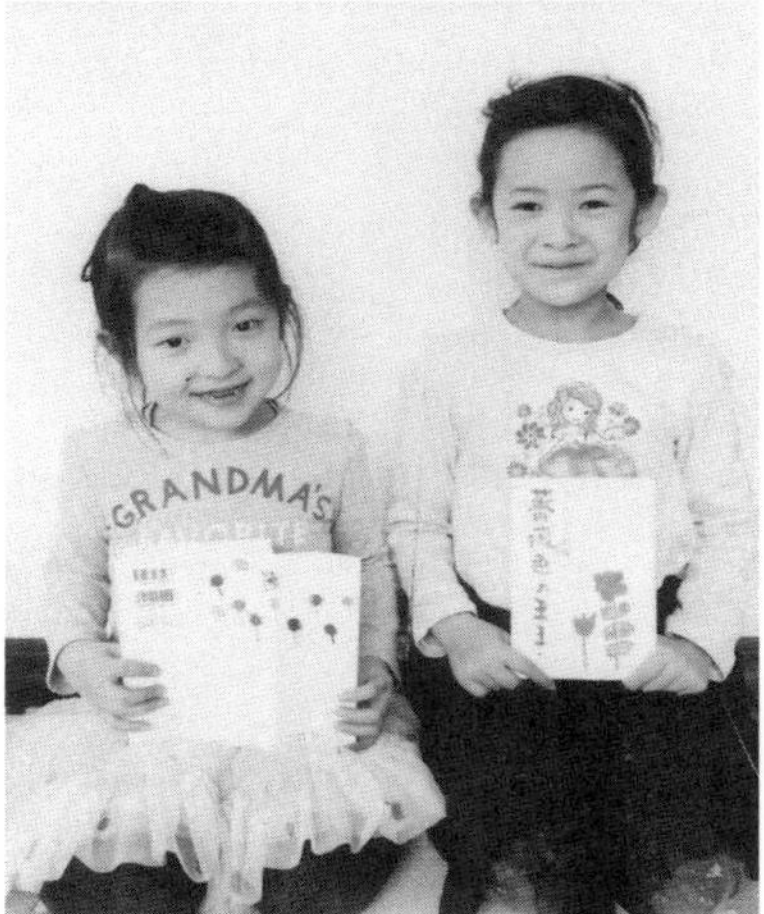

遊子歌集『薔薇色のまま』
を手にカバー絵を描いた
侑楽《ゆら》（左）、恵舞《えま》（右）

アド（本名 田沼邦夫）　埼玉県出身　小諸市在住　こもろ五行歌の会会員
遊子《ゆうこ》（本名 田沼まち子）福島県出身　小諸市在住　こもろ五行歌の会代表
著書に『薔薇色のまま』（五行歌集）、編書に『人を抱く青』（草壁焔太五行歌選集）がある。

夫婦五行歌集《ごぎょうかしゅう》　まだまだ大丈夫

2021年3月25日　初版第1刷発行

著　者　　アド、遊子
発行人　　三好清明
発行所　　株式会社 市井《しせい》社
〒162-0843
東京都新宿区市谷田町3-19 川辺ビル1F
電話　03-3267-7601
http://5gyohka.com/shiseisha/

印刷所　　創栄図書印刷 株式会社
題字　　草壁焰太
カバー絵　　田沼　穣
表紙絵　　田沼　龍
装丁　　しづく

ISBN978-4-88208-183-8

五行歌五則

一、五行歌は、和歌と古代歌謡に基いて新たに創られた新形式の短詩である。

一、作品は五行からなる。例外として、四行、六行のものも稀に認める。

一、一行は一句を意味する。改行は言葉の区切り、または息の区切りで行う。

一、字数に制約は設けないが、作品に詩歌らしい感じをもたせること。

一、内容などには制約をもうけない。

五行歌とは

五行歌とは、五行で書く歌のことです。万葉集以前の日本人は、自由に歌を書いていました。その古代歌謡にならって、現代の言葉で同じように自由に書いたのが、五行歌です。五行にする理由は、古代でも約半数が五句構成だったためです。

この新形式は、約六十年前に、五行歌の会の主宰、草壁焰太が発想したもので、一九九四年に約三十人で会はスタートしました。五行歌は現代人の各個人の独立した感性、思いを表すのにぴったりの形式であり、誰にも書け、誰にも独自の表現を完成できるものです。

このため、年々会員数は増え、全国に百数十の支部があり、愛好者は五十万人にのぼります。

五行歌の会　https://5gyohka.com/
〒162-0843 東京都新宿区市谷田町三—一九
川辺ビル一階
電話　〇三（三二六七）七六〇七
ファクス　〇三（三二六七）七六九七